HÉSIODE ÉDITIONS

LEONID ANDREÏEV

C'était...

Hésiode éditions

© Hésiode éditions.

1 rue Honoré - 93500 Pantin.
ISBN 978-2-493135-25-4
Dépôt légal : Septembre 2022

Impression Books on Demand GmbH

In de Tarpen 42
22848 Norderstedt, Allemagne

C'était...

I

Le riche marchand Laurent Petrovitch Kochevirov, étant célibataire et n'ayant point de famille, était venu à Moscou pour se soigner d'une maladie ; et comme sa maladie était d'un caractère particulièrement intéressant, les médecins l'avaient admis dans la clinique de l'université. Il avait laissé en bas, chez le portier, sa pelisse et la malle qui contenait ses effets ; et, dans la chambre du premier étage où on l'avait ensuite conduit, il avait encore dû se débarrasser de ses vêtements et de son linge, qu'on avait remplacés par une robe de chambre grise, et du gros linge où se trouvait marqué, à la pierre infernale : Chambre n° 8. On lui avait donné aussi une paire de pantoufles, en échange de ses bottes. Mais la chemise qu'on lui avait réservée se trouva être trop étroite pour lui, et l'infirmière fut obligée d'aller lui en chercher une autre.

– Dieu ! comme vous êtes grand ! dit-elle en sortant de la salle de bains où avait lieu l'essai des vêtements et du linge.

Laurent Petrovitch, à demi nu, attendit patiemment et humblement le retour de l'infirmière. Baissant son énorme tête chauve, il considérait avec curiosité sa forte poitrine, qui pendait en avant comme celle d'une vieille femme, et son ventre, que la maladie avait ballonné. A Saratov, où il demeurait, Laurent Petrovitch allait au bain tous les samedis, ce qui lui fournissait l'occasion d'examiner son corps ; mais à présent ce corps, tout secoué de petits frissons de froid, ce corps jaune et boursouflé lui apparut sous un aspect nouveau, d'autant plus pitoyable qu'il s'accompagnait encore d'une apparence générale de vigueur et de solidité. Au reste, tout en lui avait changé, dès l'instant où on lui avait retiré son vêtement ordinaire : c'était comme si, dès ce moment, il eût cessé de s'appartenir, prêt à faire tout ce qu'on voudrait bien lui commander.

Puis l'infirmière revint avec le linge ; et bien que Laurent Petrovitch conservât encore assez de force pour être capable de faire tomber cette femme en la touchant d'un seul doigt, il se laissa habiller par elle avec une obéissance parfaite. Avec la même obéissance il attendit, courbé en deux, que l'infirmière eût achevé de nouer le ruban qui fermait le col de la chemise. Après quoi il la suivit de nouveau dans la chambre où il allait désormais demeurer. Et, de ses lourdes jambes d'ours, il marchait lentement et timidement, comme un enfant que son père emmène pour le mettre en pénitence. Sa nouvelle chemise lui semblait trop étroite, de même que l'autre ; elle le serrait aux épaules, en marchant, et il l'entendait craquer ; mais il n'osait point le dire à l'infirmière, bien que chez lui, à Paratov, il fût accoutumé à faire trembler ses dix commis d'un seul de ses regards.

– Tenez, voici votre place ! lui dit l'infirmière en lui désignant un petit lit très haut, auprès duquel se trouvait une petite table. C'était, en vérité, une bien petite place, et reléguée dans un des coins de la chambre : mais elle n'en plut que davantage à un homme cruellement fatigué de la vie. Sans bruit, avec des mouvements inquiets et rapides, Laurent Petrovitch ôta sa blouse, ses pantoufles et se mit au lit. Et, dès cet instant, tout ce qui le fâchait et le préoccupait quelques heures auparavant s'effaça de lui, lui devint étranger et indifférent. En une seule image, soudaine et précise, s'évoqua à sa mémoire toute sa vie des années précédentes. Il revit la marche impitoyable de sa maladie, minant de jour en jour son énergie physique et morale ; il revit son affreux isolement parmi une foule de cousins avides, dans une atmosphère de mensonge, de haine, et de frayeur ; il revit sa fuite, son pénible voyage, son arrivée à Moscou ; et puis, tout à coup, l'image disparut, lui laissant dans l'âme une souffrance sourde et vague. Laurent Petrovitch cessa de penser ; il jouit doucement de la propreté du lit, de la pureté de l'air, dans la chambre ; et il s'endormit d'un profond sommeil, tandis que flottait, devant ses yeux encore à demi ouverts, un gai rayon de soleil, se jouant sur la blancheur du mur, en face de son lit.

Le lendemain, on plaça au-dessus de la tête de Laurent Petrovitch une planchette de fer noire avec ces mots : « Laurent Kochevirov, marchand, 52 ans, entré à la clinique le 25 février. » Des planchettes semblables pendaient aux lits des deux autres malades qui demeuraient dans la huitième chambre. Sur l'une était écrit : « Philippe Speransky, diacre, 52 ans » ; sur l'autre : « Constantin Tarbetzky, étudiant, 23 ans. » Les lettres, écrites à la craie, se détachaient nettement sur le fond noir ; et, quand le malade était étendu sur le dos, les yeux fermés, l'inscription blanche continuait à parler de lui, pareille à ces épitaphes qui annoncent qu'en tel lieu, sous la terre grise ou couverte de neige, un être humain se trouve enseveli.

C'est encore le lendemain de son arrivée que Laurent Petrovitch fut pesé. Il pesait tout près de 160 livres. L'infirmier lui dit le chiffre de son poids, et ajouta, avec un sourire entendu : « Savez-vous que vous êtes l'homme le plus lourd de toute la clinique ? »

Cet infirmier était un jeune homme qui aimait à parler et à se comporter comme un médecin, estimant que le hasard seul l'avait empêché d'en devenir un véritablement, en lui refusant les moyens de faire ses études. Et nous devons ajouter qu'il s'attendait à ce que, en réponse à sa plaisanterie, le malade se mît à sourire, comme souriaient tous les malades, même des plus gravement atteints, aux plaisanteries encourageantes des médecins. Mais Laurent Petrovitch ne sourit pas, et ne répondit rien. Ses yeux profondément creusés regardaient le mur ; ses épaisses mâchoires, semées d'une barbe rare et grisonnante, se tenaient serrées comme si elles eussent été de fer. Et ce fut pour l'infirmier une déception, qui faillit troubler sa bonne humeur pour le reste de la journée : car depuis longtemps, entre autres études, il s'occupait de physionomie, et, à voir le large crâne chauve du marchand, il avait rangé celui-ci dans la série des « bons garçons » ; tandis que, à présent, il aurait à le ranger dans la série des « mauvais coucheurs ». Du moins se promit-il d'examiner, dès qu'il le pourrait, l'écriture du nouveau malade, car il se piquait également d'être fort expert en graphologie.

Peu de temps après la pesée, Laurent Petrovitch eut à subir l'inspection des médecins : ils étaient vêtus de blouses blanches, qui achevaient de leur donner un aspect sérieux et grave. Et, depuis cette première visite, tous les jours ils l'examinèrent une ou deux fois, souvent avec des médecins étrangers qu'ils amenaient pour le voir. Sur l'ordre des médecins, Laurent Petrovitch, humblement, ôtait sa chemise, se couchait sur son lit, bombait son énorme poitrine charnue. Les médecins frappaient sa poitrine avec de petits marteaux, y appliquaient de petites trompettes, et écoutaient, échangeant entre eux des réflexions, ou bien signalant aux étudiants telle ou telle particularité intéressante. Souvent ils forçaient Laurent Petrovitch à recommencer le récit de sa vie antérieure : il obéissait en rechignant, mais il obéissait. De ses réponses ressortait qu'il avait beaucoup mangé, beaucoup bu, beaucoup aimé les femmes, beaucoup travaillé ; et, à chacun de ces « beaucoup » nouveaux, Laurent Petrovitch se reconnaissait moins dans l'homme dont ses réponses esquissaient l'image. Il était stupéfait de découvrir que c'était vraiment lui, le marchand Kochevirov, qui s'était conduit d'une façon si sotte, si dangereuse pour lui-même !

Après les médecins, les étudiants lui tapotaient la poitrine ou y appliquaient leurs oreilles. Souvent aussi ils venaient le voir en l'absence des médecins. Les uns d'une voix brève et sèche, d'autres avec une irrésolution timide, ils l'invitaient à se dévêtir ; et de nouveau commençait l'examen attentif et minutieux de son corps. En raison de l'intérêt tout particulier que son cas présentait pour eux, ils tenaient même un journal de sa maladie ; et Laurent Petrovitch, en les voyant toujours occupés à noter par écrit des mots qu'il ne comprenait pas, avait l'impression d'être transporté tout entier sur les pages de leur cahier. De jour en jour il s'appartenait moins ; du matin au soir son corps était à la disposition de tout le monde. A heure fixe, il portait lourdement ce corps jusqu'à la salle de bains, ou bien l'asseyait à la table où mangeaient ceux des malades qui pouvaient se remuer. Et là encore, souvent, des internes venaient le pincer, le tâter, s'occuper de lui.

Le fait est que jamais, dans toute sa vie, on ne s'était autant occupé de lui ; et, avec tout cela, il éprouvait, du matin au soir, un sentiment de profonde solitude qui le désespérait. Il n'y avait pas jusqu'aux murs de la chambre qui ne lui parussent plus absolument étrangers que ceux des hôtels garnis où il avait demeuré au cours de ses voyages. Ces murs étaient blancs, mais il souffrait de ne pas y voir une seule tache. Ils étaient propres, et parfaitement aérés ; mais, dans les maisons même les plus propres, l'air a toujours une odeur spéciale, n'appartenant qu'à elles, et correspondant au caractère des personnes qui les habitent : et la chambre de la clinique n'avait aucune odeur. Médecins et étudiants étaient toujours pleins d'attention et de prévenance pour lui ; ils plaisantaient avec lui, lui tapaient sur l'épaule, le consolaient ; mais, dès qu'ils l'avaient quitté, Laurent Petrovich recommençait aussitôt à songer qu'il était en route pour quelque grand voyage mystérieux, et que ces médecins et ces étudiants étaient des conducteurs, chargés de l'escorter jusqu'au bout de ce voyage. Ils avaient escorté déjà des milliers de voyageurs, de la même façon ; et, sous toutes leurs bonnes paroles, il devinait qu'ils s'inquiétaient surtout de savoir si son billet était bien en règle. Et plus eux et les autres s'occupaient de son corps, plus lui paraissait profonde et terrible la solitude de son âme.

– Quel jour reçoit-on les visites, ici ? – demanda Laurent Petrovitch à l'infirmière. Il parlait en petites phrases courtes, sans regarder ceux à qui il s'adressait.

– Le dimanche et le jeudi. Mais en demandant au médecin-chef, on peut aussi recevoir des visites les autres jours, répondit l'infirmière, qui aimait à causer.

– Et ne pourrais-je pas obtenir que personne n'eût le droit de venir me voir ?

L'infirmière, étonnée, répondit que la chose était possible ; et cette réponse fit manifestement grand plaisir au malade. Toute cette journée-là, il se sentit un peu plus gai. Et, bien que son contentement ne le rendît pas plus bavard, c'est de meilleure humeur et avec plus de complaisance qu'il écouta ce que lui racontait gaiement, bruyamment, infatigablement, son voisin de lit, le diacre Philippe.

Ce diacre venait du gouvernement de Tanbov. Il était entré à la clinique deux jours seulement avant Laurent Petrovitch ; mais déjà il avait fait connaissance avec tous les habitants des cinq chambres du premier étage. Il était de petite taille, et si maigre que, quand il était sa chemise, pour la visite, on voyait saillir toutes ses côtes ; son frêle petit corps, blanc et propre, ressemblait au corps d'un enfant de dix ans. Il avait des cheveux épais, longs, d'un blond grisonnant, et qui frisaient aux extrémités. Son tout petit visage bruni, aux traits réguliers, ressortait comme dans un cadre trop grand. Et c'était même cette analogie de son visage avec les sombres et sèches figures des vieux portraits qui avait d'abord amené l'infirmier physionomiste à ranger le diacre dans la catégorie des tempéraments sévères et difficiles à vivre. Mais, dès le premier entretien, il avait dû reconnaître la fausseté de son diagnostic. Le « père diacre », comme tout le monde l'appelait, était le meilleur enfant de la terre. Volontiers, et avec une franchise parfaite, il parlait à tous de lui-même, de sa famille, de ses connaissances ; et à interroger les autres sur tout cela il mettait une curiosité si ingénue, que tous lui répondaient avec une franchise pareille. Lorsque quelqu'un éternuait, la voix joyeuse du père diacre criait, de loin :

– A vos souhaits ! Que Dieu vous bénisse !

Personne ne venait le voir, et il était très gravement malade ; mais il ne se sentait nullement seul, s'étant lié non seulement avec tous les malades, mais encore avec leurs visiteurs. Au reste, il ne connaissait pas l'ennui. Plusieurs fois par jour, il souhaitait aux malades une prompte guérison ; aux bien portants il souhaitait l'accomplissement de tous leurs désirs ; et il n'y avait personne à qui il ne trouvât quelque chose de bon et d'agréable à dire. Tous les matins, il saluait chacun de ses compagnons en particulier ; et, quel que fût le temps au dehors, jamais il ne manquait d'affirmer qu'on allait avoir une journée charmante. Il riait constamment, d'un rire silencieux et jovial. Et il remerciait tout le monde, souvent sans que l'on pût deviner de quoi. C'est ainsi que, la première fois, après le goûter, il remercia Laurent Petrovitch de lui avoir tenu compagnie.

– Et le fait est que, à nous deux, nous venons d'avaler une bonne petite ration de thé, n'est-ce pas, petit père ? dit-il, bien que Laurent Petrovitch prît son thé à part, et ne fût point d'humeur à gratifier personne de sa compagnie.

Il était très fier de sa dignité de diacre, qu'il n'avait acquise que depuis trois ans, ayant été jusque là un simple chantre. Mais il paraissait plus fier encore de la taille exceptionnelle de sa femme.

– Ma femme, ah ! si vous voyiez comme elle est grande ! disait-il orgueilleusement à tous ses interlocuteurs. Et les enfants, tous comme elle !

Tout ce qu'il voyait, dans la clinique, – la propreté, l'ordre, la complaisance des médecins, les fleurs dans le corridor, – tout l'enthousiasmait. Et, tantôt riant, tantôt faisant un signe de croix devant l'image sainte, il s'épanchait de ses sentiments devant le taciturne Laurent Petrovitch ; et, quand les mots lui manquaient, il s'écriait :

– Que Dieu vous bénisse ! Aussi vrai que je vis, que Dieu vous bénisse !

Le troisième habitant de la chambre était un jeune étudiant, brun et barbu, Torbetsky. Celui-là ne se levait presque pas de son lit ; et, tous les jours, il recevait la visite d'une grande jeune fille aux yeux modestement baissés, mais d'ailleurs pleine d'aisance et de légèreté dans ses mouvements. Serrée dans son manteau noir, qui lui allait à ravir, elle franchissait rapidement le corridor, s'asseyait près du lit de l'étudiant, et y restait jusqu'à quatre heures, où, d'après le règlement, devaient cesser les visites. Parfois, les deux jeunes gens causaient beaucoup et avec animation, en se souriant, et à voix basse ; mais par instants on entendait certains de leurs mots, de ceux, précisément, qu'ils avaient sans doute l'intention de se dire tout bas : « Mon trésor » – « Je t'aime ! » Parfois aussi il y avait entre eux de longs silences, où ils se contentaient de se regarder dans les yeux. Alors, le père diacre toussait, et, prenant une mine sérieuse et affairée, sortait de la chambre. Et Laurent Petrovitch, feignant de dormir, voyait, sous ses paupières un peu entrouvertes, que les deux jeunes gens se mangeaient de baisers. Aussitôt, une souffrance s'allumait en lui, son cœur se mettait abattre très fort, par saccades, ses yeux se rouvraient, et ses massives mâchoires entraient en mouvement. De l'air le plus indifférent qu'il pouvait, il considérait le mur blanc, en face de lui ; mais, dans la blancheur même de ce mur, il croyait lire une raillerie qui l'exaspérait.

II

La journée, dans la chambre, commençait très tôt, avant l'aube d'hiver ; et elle était longue, claire et vide. A six heures, on donnait aux malades leur thé du matin, qu'ils buvaient lentement, par petites gorgées. Puis on leur mettait le thermomètre, pour mesurer leur température. Un grand nombre des malades de la clinique, et le père diacre en particulier, avaient appris là pour la première fois l'existence, chez eux, d'une température : celle-ci leur paraissait une chose infiniment mystérieuse, et ils attachaient une importance extrême à la mesurer. Le petit tube de verre, avec ses raies noires et rouges, était devenu pour eux l'indice de leur vie, de telle sorte qu'un dixième de degré de plus ou de moins les rendait heureux ou malheureux pour la journée entière. Le père diacre lui-même, éternellement gai, avait une seconde de tristesse et hochait la tête avec mélancolie lorsque la température de son corps se trouvait plus basse que ce qu'on lui avait dit être la normale.

— Voilà une drôle d'histoire, mon petit père ! Trente-six et huit-dixièmes ! disait-il à Laurent Petrovitch, en examinant avec méfiance le thermomètre dans sa main.

— Tiens-le quelque temps encore sous ton bras, ça le réchauffera ! répondait Laurent Petrovitch d'un ton méprisant.

Et le père diacre obéissait ; et, si la chance voulait qu'il gagnât un dixième de degré de plus, il se rassérénait, et remerciait chaudement Laurent Petrovitch pour son bon conseil.

Ce thermomètre ramenait la pensée des malades, pour toute la journée, à la préoccupation de leur santé ; et toutes les recommandations des médecins s'accomplissaient non seulement avec ponctualité, mais même avec une certaine solennité. Mais personne ne les accomplissait aussi solennellement que le père diacre : quand il tenait le thermomètre, quand il avalait une potion, aussitôt il prenait une mine grave et recueillie, la même qu'il prenait pour parler de sa consécration en qualité de diacre. Souvent il se fâchait contre ceux des malades qui ne remplissaient pas à la lettre les instructions des médecins. Il y avait, en particulier, dans la chambre voisine, un gros homme nommé Minaïev, qu'il ne cessait point de sermonner à ce sujet. A ce Minaïev les médecins avaient défendu de manger de la viande, et lui, en cachette, il en dérobait des bouchées à ses compagnons de table, et il les dévorait, sans même mâcher !

Vers sept heures, la chambre se remplissait de la lumière du jour, entrant par les hautes fenêtres. Aussitôt les murs blancs, les draps blancs des lits, le plafond et le plancher, tout brillait et rayonnait. Mais c'était chose bien rare que quelqu'un s'approchât des fenêtres pour regarder au dehors : la rue et le monde entier, tout ce qui se trouvait au delà des murs de la clinique, avait perdu son intérêt pour les malades. Là-bas, on vivait. Là-bas, des charrettes couraient, pleines de gens, un régiment de soldats défilait, les portes des magasins s'ouvraient avec bruit. Ici, trois malades étaient couchés sous les draps, ayant à peine assez de force pour se retourner ; ou bien, vêtus de robes de chambre grises, ils se traînaient lentement sur le parquet ciré. L'étudiant recevait un journal ; mais lui et ses compagnons ne le regardaient presque pas ; la moindre irrégularité des fonctions digestives chez un des malades de la clinique les intéressait et les émouvait davantage que-les plus graves événements qui agitaient la surface du monde.

Vers onze heures arrivaient les médecins et les étudiants, et de nouveau recommençaient les interrogatoires. Laurent Petrovitch, les yeux fixés devant lui, répondait d'une voix sombre et avec effort ; le père diacre, très ému, parlait tant et si vite, avec un tel désir de satisfaire tout le monde, et de témoigner à tout le monde sa considération, que souvent on avait peine à comprendre ses paroles. Parlant de lui-même, il disait :

– Lorsque j'ai eu l'honneur d'entrer à la clinique...

Parlant de l'infirmière, il disait :

– Elle a eu la bonté de m'administrer un lavement...

Toujours il savait exactement à quelle heure et à quelle minute il avait éprouvé de l'oppression, à quels moments de la nuit il s'était réveillé, et combien de fois. Et quand les médecins s'en allaient, il redevenait plus gai, les remerciait, s'efforçait d'avoir un mot aimable pour chacun d'eux en particulier. Après quoi il montrait au taciturne Laurent Petrovitch, et à l'étudiant, qui souriait, de quelle façon il avait salué d'abord le docteur Alexandre Ivanovitch, et puis le docteur Sémène Nicolaïevitch.

Il était très malade, incurablement, et ses jours étaient comptés. Mais il ne s'en doutait pas, et il parlait avec enthousiasme du pèlerinage qu'il ferait, après sa guérison, au monastère Troïtzky, ou bien encore d'un pommier qu'il avait dans son jardin, et dont il attendait beaucoup de fruits pour l'été prochain. Dans les belles journées, quand les murs et le parquet de la chambre se remplissaient des rayons du soleil, quand les ombres, sur les draps blancs des lits, devenaient bleues, sous une lumière déjà presque d'été, le père diacre entonnait à voix haute un hymne touchant :

« Chantons le maître du monde, qui, du haut des cieux, nous envoie la pure lumière de son soleil !... »

Sa voix, une faible petite voix de ténor, commençait à trembler ; et, rempli d'une émotion qu'il s'efforçait de cacher à ses voisins, il s'essuyait les yeux, avec son mouchoir, et souriait. Puis, traversant la chambre, il s'arrêtait devant la fenêtre et levait son regard vers le ciel bleu sans nuages : et le ciel lui-même, infiniment haut au-dessus de la tête, infiniment beau, semblait un grand chant solennel et divin. Et souvent l'on entendait s'y mêler, tout à coup, une petite voix de ténor, timide et tremblante, mais pleine d'une supplication doucement passionnée :

« Sous mes nombreux péchés chancelle mon corps, chancelle mon âme ! A toi j'ai recours, Jésus bienfaisant, espoir des désespérés ! Toi, viens à mon aide. »

A midi, on servait le dîner ; à quatre heures le thé, à huit heures le souper. A neuf heures la petite lampe électrique se recouvrait d'un abat-jour bleu, et la nuit commençait, une nuit longue et vide comme la journée.

Un grand silence s'étendait sur toute la clinique, coupé seulement par le bruit monotone de la respiration des convalescents, par la toux des malades, par de faibles soupirs et gémissements. Et ces murmures nocturnes avaient souvent quelque chose d'énigmatique, qui épouvantait. Était-ce un malade qui se plaignait au loin, ou bien n'était-ce pas la mort elle-même qui venait errer le long des murs blancs, entre les draps blancs ?

Sauf la première nuit, où il avait dormi d'un sommeil de plomb, Laurent Petrovitch ne dormait presque pas. Et les nuits étaient pleines, pour lui, de pensées nouvelles et pénibles. Tenant ses deux mains velues sous sa tête, immobile, il considérait obstinément la lueur de la lampe, tamisée par l'abat-jour bleu, et il songeait à toute sa vie. Il ne croyait pas en Dieu, ne tenait pas à la vie, et ne craignait pas la mort. Tout ce qu'il y avait eu en lui de vie et de force, tout cela avait été dépensé sans profit et sans joie. Dans sa jeunesse, quand ses cheveux frisaient sur sa tête, souvent il volait de la viande ou des fruits, chez son patron ; et on le surprenait, on le battait, et il détestait ceux qui le battaient. Plus tard, dans l'âge mûr, il se servait de sa richesse pour pressurer les pauvres gens ; il écrasait ceux qui lui tombaient sous la main, et eux, en échange, ils le payaient de haine et d'effroi. Puis était venue la vieillesse, était venue la maladie, et l'on avait commencé à le voler lui-même, et lui-même avait traité sans pitié ceux qu'il avait pu surprendre... Ainsi s'était passée toute sa vie : elle n'avait été qu'une longue et amère suite d'humiliations et de haines, où s'étaient bien vite éteintes les petites lueurs fugitives de l'amour, ne laissant dans son âme qu'un grand tas de cendres froides. A présent, il aurait voulu sortir de la vie, oublier ; mais la nuit silencieuse était cruelle et impitoyable. Et il songeait avec mépris à la sottise de ceux qui aimaient cette vie. Il tournait la tête vers le lit voisin, où dormait, un de ces sots, le père diacre. Longtemps et attentivement il considérait le petit visage blanc, qui se confondait avec le linge blanc de l'oreiller et des draps. Et parfois un mot lui jaillissait des lèvres :

– Imbécile !

Puis il regardait dormir l'étudiant, celui que, dans la journée, embrassait la jeune fille ; et, plus amèrement encore, il murmurait :

– Quels imbéciles !

Le jour son âme semblait s'éteindre ; son corps accomplissait exactement tout ce qu'on lui ordonnait, avalait les potions, se tournait et se retournait. Mais, de semaine en semaine, il faiblissait ; et bientôt on dut le laisser au lit toute la journée, immobile, énorme avec une trompeuse apparence de vigueur et de santé.

Le diacre, lui aussi, faiblissait. Il allait moins dans les autres chambres, il riait plus rarement. Mais dès qu'entrait dans la chambre un petit rayon de soleil, il recommençait à bavarder joyeusement, remerciant tout le monde, depuis le soleil jusqu'aux médecins, et se complaisant plus encore que naguère dans le souvenir de son cher pommier. Puis il chantait son hymne, et son visage, qui était devenu plus sombre, s'éclaircissait de nouveau, tout en prenant une mine plus grave, ainsi qu'il convenait pour un diacre. Le chant fini, il se tournait vers Laurent Petrovitch et lui décrivait le diplôme qu'on lui avait donné lors de sa consécration.

– Une feuille énorme, grande comme ça ! – disait-il en étendant les mains, – et toute pleine d'écriture ! Des lettres noires, d'autres dorées ! Une rareté, vraiment !

Il faisait le signe de la croix devant l'image sainte, et ajoutait, d'un ton recueilli :

– Et, en bas, le sceau de l'archiprêtre. Un sceau énorme, mon petit père ! Ah ! si vous pouviez voir ça !

Et il riait de tout son cœur, cachant ses yeux brillants dans le réseau de ses petites rides. Mais, tout à coup, un nuage gris recouvrait le soleil, la chambre s'assombrissait de nouveau, et le père diacre, avec un soupir, se recouchait sur son oreiller.

III

Dans les champs et les jardins, la neige gisait encore ; mais déjà elle avait été balayée dans les rues, où, par endroits, les voitures commençaient même à soulever un peu de poussière. Le soleil versait dans la chambre une vraie pluie de lumière ; et cette lumière était si chaude que déjà parfois l'on avait à s'en garer, comme en été. Aussi ne parvenait on pas à comprendre que, dehors, derrière les fenêtres de la chambre, l'air restât frais, aigre et piquant. Au reste, le bruit de la rue ne pénétrait guère dans la clinique, à travers les doubles fenêtres ; mais quand, le matin, on ouvrait la partie supérieure de ces fenêtres, tout à coup, sans transition, s'y précipitait le vacarme joyeux, bruyant, et comme ivre, des moineaux. Tous les autres bruits s'effaçaient devant celui-là ; et lui, solennellement, il se répandait à travers les corridors, descendait les escaliers, faisait vibrer les éprouvettes de verre du laboratoire. Les malades souriaient involontairement ; et le père diacre, se mettant une main sur les yeux, étendait l'autre main et murmurait à ses voisins :

– Les moineaux ! entendez-vous les moineaux ?

La fenêtre se refermait, le mince cri enfantin des moineaux mourait aussi soudainement qu'il était né, et la chambre retombait à son silence ordinaire.

Mais à présent les malades s'approchaient plus souvent des fenêtres, et y stationnaient longtemps, frottant les vitres de leurs doigts. Ils n'avaient plus le même entrain à mesurer leur température. Et tous ne parlaient plus que de l'avenir. Cet avenir leur apparaissait à tous clair et beau.

Tel il apparaissait même à ce petit garçon de la douzième chambre qui, quelques jours auparavant, avait dû être transporté dans un cabinet spécial, où les infirmières racontaient qu'il était en train d'agoniser. Bon nombre des malades l'avaient vu, quand on l'avait enlevé de la douzième chambre, avec tous les draps de son lit : on l'avait emporté la tête la première, et il restait étendu, immobile, promenait seulement d'un objet sur l'autre ses grands yeux noirs ; et dans ces yeux se lisait un regard si étrange et si affreux à la fois que tout le monde s'était détourné pour y échapper. Et tout le monde, dès lors, avait deviné que l'enfant allait mourir ; mais l'idée de sa mort n'émouvait ni n'effrayait personne : car la mort était ici une chose aussi ordinaire et aussi simple qu'elle doit être, sans doute, à la guerre.

Un autre des malades de la même chambre mourut, précisément, vers ce temps-là. C'était un petit vieillard, grisonnant, et d'apparence encore assez drue, mais qui avait été frappé de paralysie. Toute la journée il se traînait d'un lit à l'autre, une de ses épaules en avant, et à tous les malades il racontait une seule et même histoire : celle du baptême de la Russie sous saint Vladimir. Ce qui l'intéressait, dans cette histoire, jamais on n'avait pu le deviner : car il parlait très bas et d'une façon à peine compréhensible ; mais il était si exalté qu'il ne cessait pas d'agiter sa main droite et de tourner en tous sens son œil droit, – le côté gauche de son corps étant paralysé. Lorsqu'il était de bonne humeur, il terminait brusquement son récit en murmurant, à demi-voix : « Que Dieu soit avec nous ! » Mais plus souvent encore il était mal disposé, et se plaignait qu'on ne lui donnât point de bains chauds, qui infailliblement devaient lui rendre la santé. La veille de sa mort, il avait enfin obtenu la permission de prendre un bain chaud ; aussitôt il s'était rasséréné, et avait répété plusieurs fois, en riant : « Que Dieu soit avec nous ! » Ce soir-là, les malades qui passaient devant la salle de bains en avaient entendu sortir un grognement continu et rapide : c'était le petit vieillard, qui, pour la dernière fois, s'adressant à l'infirmier chargé de veiller sur lui, racontait l'histoire du baptême de la Russie sous saint Vladimir.

Dans la huitième chambre, cependant, les choses allaient leur train. L'étudiant Torbetzky se rétablissait ; Laurent Petrovitch et le père diacre baissaient de jour en jour. La vie s'écoulait d'eux si doucement, si sournoisement, qu'eux-mêmes ne s'en apercevaient presque pas, bien qu'ils eussent désormais cessé de pouvoir se lever de leurs lits.

Et, toujours avec la même régularité, les médecins et les étudiants venaient, en blouse blanche, tapotaient, écoutaient et causaient entre eux.

Le cinquième vendredi du carême, on conduisit le père diacre dans la salle où se donnaient les leçons publiques ; et-il en revint visiblement très ému. Il faisait des signes de croix, s'essuyait les yeux avec le rebord de son drap, et ses yeux étaient tout rouges.

– Pourquoi pleurez-vous, père diacre ? demanda l'étudiant.

– Ah ! petit père ! ne m'en parlez pas ! répondit le diacre d'une voix tremblante. Voilà que Semène Nicolaïevitch me fait asseoir dans un fauteuil, se tient debout près de moi, et dit aux étudiants : « Tenez, voici un malade... »

Mais soudain le visage du diacre se rembrunit de nouveau, et de nouveau ses yeux se remplirent de larmes. Il se détourna, tout honteux, et poursuivit :

– Ah ! petit père ! si vous aviez entendu Semène Nicolaïevitch ! C'était si affreux, de l'entendre ! Le voilà qui dit : « Tenez, c'était un diacre... »

De nouveau le diacre s'arrêta, la voix étranglée :

– C'était un diacre...

Les larmes empêchèrent le père diacre de continuer. Il reposa sa tête sur l'oreiller, se tut quelques instants et reprit :

– Toute ma vie, il l'a racontée. Comme quoi j'ai été chantre, et n'ai pas mangé à ma faim. De ma femme aussi, il en a parlé ! Tout cela était si affreux ! si affreux ! On aurait dit que j'étais mort, et qu'on parlait sur mon cercueil. C'était, qu'on disait, c'était un diacre...

Et pendant que le père diacre parlait ainsi, tout le monde voyait clairement que cet homme allait mourir ; on le voyait aussi clairement que si la mort elle-même avait été debout, là, au pied du lit. Du joyeux petit diacre soufflait un froid mystérieux et terrible ; et lorsque, avec de nouveaux sanglots, il cacha sa tête sous le drap, l'étudiant se mit à frotter nerveusement ses mains, et Laurent Petrovitch partit d'un gros rire qui le fit tousser.

Depuis quelques jours, Laurent Petrovitch s'agitait beaucoup dans son lit, se retournait, grommelait et se fâchait contre les infirmières. C'est du même air fâché qu'il accueillait les médecins, et l'un d'eux finit par s'en apercevoir : ce médecin était un brave homme, qui lui demanda avec sympathie :

– Qu'est-ce que vous avez ?

– Je m'ennuie, répondit Laurent Petrovitch. Il dit cela d'une voix d'enfant malade, et referma les yeux pour cacher ses larmes. Et, ce soir-là, dans le journal de sa maladie, parmi des observations sur son pouls, sa température, sa respiration, se trouva mentionné un phénomène nouveau : « Le malade se plaint de l'ennui. »

L'étudiant continuait à recevoir les visites de la jeune fille qu'il aimait. Elle arrivait dans la chambre avec des joues si roses, après sa marche à l'air frais, que c'était un spectacle à la fois charmant et un peu triste de les voir. Penchant son visage contre celui de Torbetzky, elle lui disait :

– Tiens, tâte comme mes joues brûlent !

Et le jeune homme le tâtait non pas avec ses mains, mais avec ses lèvres ; il le tâtait longtemps et passionnément, car la santé lui revenait et les forces avec elle. Désormais les deux amoureux ne se gênaient plus, devant les autres malades, et s'embrassaient ouvertement. Sur quoi le diacre, par délicatesse, se détournait ; tandis que Laurent Petrovitch, ne faisant plus semblant de dormir, fixait sur eux un regard ironique. Aussi aimaient-ils le père diacre, tandis qu'ils détestaient Laurent Petrovitch.

Le samedi, le diacre reçut une lettre de chez lui. Il l'attendait déjà depuis une semaine, et tout le monde, à la clinique, savait que le père diacre attendait une lettre ; tout le monde s'en inquiétait avec lui. Ranimé et ragaillardi, il se leva de son lit et se mit à traîner lentement par les chambres, saluant, remerciant, recueillant les félicitations et montrant la lettre. Tout le monde connaissait déjà depuis longtemps la haute taille de sa femme ; mais, ce jour-là, il révéla une autre de ses particularités :

— Ah ! elle n'a pas sa pareille pour ronfler ! Quand elle est dans son lit, vous pourriez la battre, elle ne s'éveillerait pas !

Puis le père diacre, s'interrompant d'imiter le ronflement de sa femme, s'écria :

— Et avez-vous jamais vu quelque chose comme ceci ?

Il montrait la quatrième page de la lettre, où une plume maladroite' et tremblante avait dessiné le contour d'une petite main d'enfant étendue ; et, au milieu, juste à l'endroit de la paume, on avait écrit : « Tossik a appliqué sa main. » Ce Tossik, avant d'appliquer sa main, s'était évidemment livré à quelque travail dans la boue, car partout où la main avait touché le papier, celui-ci portait de grosses taches grises.

— C'est mon petit-fils ! Hein, croyez-vous qu'il est gaillard ? Il a quatre ans en tout, et sage, et malin, vous n'en avez pas idée ! Il a appliqué sa main, voyez-vous ça ?

Enthousiasmé de ce trait de génie, le père diacre se frappait les genoux et riait silencieusement. Et son visage, longtemps privé d'air, pâli et jauni, redevenait pour une minute le visage d'un homme bien portant, dont les jours n'étaient pas encore comptés.

Ce même samedi, Laurent Petrovitch fut, à son tour, conduit dans la salle des leçons publiques. Il en revint, lui aussi, très ému, avec des mains tremblantes et un sourire forcé. Il repoussa durement l'infirmier qui l'aidait à se déshabiller, et, sitôt dans son lit, il ferma les yeux. Mais le père diacre, qui savait maintenant par expérience ce qu'étaient les leçons publiques, attendit le moment où les yeux de Laurent Petrovitch s'entr'ouvrirent et, avec une curiosité pleine de sympathie, commença à interroger son voisin sur les détails de la séance.

– Eh bien, petit père, c'est affreux, hein ? Je suis sûr que, de toi aussi, on aura dit : « C'était, qu'on aura dit, c'était un marchand... »

Laurent Petrovitch se tourna, d'un air furieux, vers le diacre, le parcourut du regard, se retourna de l'autre côté et, de nouveau, ferma les yeux.

– Ça ne fait rien, petit père, ne t'inquiète pas ! Tu guériras, tu pourras même encore doubler ta fortune, avec l'aide de Dieu ! – poursuivit le père diacre.

Il était étendu sur le dos et, rêveusement, considérait le plafond, où était venu se jouer, on ne savait comment, un léger rayon de soleil. L'étudiant sortit pour aller fumer une cigarette, et il y eut une minute de silence où l'on entendit seulement le souffle bref et lourd de Laurent Petrovitch.

– Oui, petit père, – reprit le diacre lentement, d'une voix calme et joyeuse, – et quand tu passeras dans nos pays, ne manque pas de venir me voir ! C'est à cinq verstes de la station : n'importe quel moujik pourra te conduire. Tu verras comme nous te ferons fête ! J'ai du kvass, à la maison, que jamais certainement tu n'en auras bu d'aussi doux !

Le père diacre se tut quelques instants, soupira et reprit encore :

— Quant à moi, ma première affaire sera d'aller au couvent Troïtzky. Et j'y mettrai aussi un cierge pour toi ! Après cela, j'irai voir les saintes églises. Au bain de vapeur, j'irai aussi ! Comment donc s'appelle celui dont on parlait l'autre jour ? Le Bain du Marché, est-ce bien ça ?

Laurent Petrovitch ne répondant pas, le père diacre résolut lui-même la question :

— Le Bain du Marché, c'est bien cela ! Et puis après, aussi vrai qu'il y a un Dieu, en route pour la maison !

Enfin le diacre cessa de parler ; et, dans le silence qui suivit, le souffle sourd et saccadé de Laurent Petrovitch ressembla au ronflement irrité d'un bateau à vapeur arrêté en chemin. Et le père diacre n'avait pas encore congédié de son imagination la perspective, évoquée par lui, de leur prochain bonheur, lorsqu'il entendit entrer dans son oreille d'étranges, d'incompréhensibles, d'effrayantes paroles. Effrayantes par le son seul qu'elles avaient ; effrayantes par la voix grossière et haineuse qui les prononçait, et, bien qu'il n'en comprît pas le sens, son cœur s'arrêta de battre quand il les entendit.

— La route du cimetière de Vagankov, voilà la route que tu vas prendre !

— Qu'est-ce que tu dis, petit père ? demanda le diacre, se figurant avoir mal entendu.

— Au cimetière, au cimetière, je te dis, et sans que ça traîne ! répondit Laurent Petrovitch. Il s'était de nouveau retourné vers le diacre, et avait même tendu sa tête hors du lit pour être plus sûr que tous ses mots iraient à leur adresse. Mais avant, on te portera à l'amphithéâtre, et là on te découpera le corps de si belle façon que ce sera un plaisir, aussi vrai que je crois en Dieu.

Et Laurent Petrovitch éclata de rire.

– Qu'est-ce que tu as ? Qu'est-ce que tu as ? Que Dieu soit avec nous ! – murmurait le père diacre.

– Moi, peu importe ce que j'ai ! Mais ce qui est sûr, c'est qu'on a ici une belle façon de dépecer les morts avant de les enterrer ! On commencera par te couper une main, et on enterrera ta main. Puis, c'est un pied qu'on te coupera, et on enterrera ton pied. Il y a comme ça des morts qu'on fait traîner pendant des mois, sans en venir à bout.

Le diacre se taisait, les yeux obstinément fixés sur Laurent Petrovitch, qui continuait de parler. Et il y avait quelque chose de repoussant à la fois et de pitoyable dans la franchise cynique de ses paroles.

– Je te regarde, père diacre, et je songe en moi-même : « Voilà un homme qui est vieux, et il est bête comme un enfant de deux ans ! » Écoute, à quoi cela te sert-il de dire : « J'irai au couvent Troïtzky, j'irai au bain de vapeur ? » Ou bien encore de nous rebattre les oreilles avec ton pommier ? Il te reste à peine huit jours à vivre, et toi...

– Huit jours ?

– Mais oui, huit jours ! Ce n'est pas moi qui le dis, ce sont les médecins qui le disent. J'étais couché ce matin, et tu n'étais pas là ; voilà qu'arrivent les étudiants, et les voilà qui disent : « Notre petit père diacre, ce sera bientôt son tour ! Il pourra encore traîner une petite semaine !

– Traî-ner ?

– Hé ! te figures-tu qu'elle va avoir pitié de toi et t'épargner, toi tout seul ? – Laurent Petrovich insista sur le mot elle, comme pour en accentuer le sens effrayant. – Allons, regarde bien ! Applique bien ton thermomètre ! Hé ! diacre imbécile ! « J'irai au couvent Troïtzky ! J'irai au bain de vapeur ! » Des gens meilleurs que toi ont vécu, et ils sont morts !

Le visage du père diacre était devenu jaune comme du safran. Il ne pouvait ni parler, ni pleurer, ni même gémir. Silencieusement, lentement, il laissa retomber sa tête sur l'oreiller, la cacha sous les draps, pour échapper aux paroles de Laurent Petrovitch et au monde entier ; et il resta immobile. Mais Laurent Petrovitch ne pouvait s'empêcher de parler : chacun de ses mots dont il blessait le diacre lui apportait, à lui, une consolation et un soulagement. Et ce fut du ton le plus bonhomme qu'il répéta :

– Mais oui, petit père, c'est ainsi ! Une petite semaine ! Tu es là à prendre ta température, à compter les degrés : les voilà, les degrés ! Et, quant au bain de vapeur, tu en reparleras dans l'autre monde !

En cet instant rentra l'étudiant, et Laurent Petrovitch, à regret, se tut. Il essaya d'abord de se cacher la tête sous ses draps, comme le père diacre ; mais bientôt il rejeta les draps, et, avec un sourire moqueur, il regarda l'étudiant.

– Et votre sœur, je vois qu'aujourd'hui encore elle ne va pas venir ? – demanda-t-il au jeune homme, avec la même bonhomie affectée, et le même vilain sourire.

– Elle est souffrante ! – répondit sèchement l'étudiant dont le front s'était rembruni.

– En vérité ? quel malheur ! – fit Laurent Petrovitch en hochant la tête. – Et qu'a-t-elle donc ?

Mais l'étudiant ne répondit pas, il feignit de ne pas avoir entendu la question. Depuis trois jours déjà, la jeune fille qu'il aimait n'était pas venue le voir à l'heure de la visite ; et, ce jour-là encore, elle ne venait pas. Torbetzky faisait semblant de regarder par la fenêtre, au hasard, par désœuvrement ; mais en réalité il s'efforçait d'apercevoir, sur la gauche, la porte de la clinique, que d'ailleurs on ne pouvait pas voir. Tantôt il allongeait le cou, appuyait son front sur la vitre, tantôt il consultait sa montre ; et l'on entendit enfin sonner quatre heures, et le délai pour les visites se trouva écoulé. Pâle et fatigué, le jeune homme but à contre-cœur un verre de thé et s'étendit sur son lit, ne remarquant pas même le silence anormal du père diacre, ni la loquacité, non moins anormale, de Laurent Petrovitch.

– Allons, notre petite sœur n'est pas venue ! – dit celui-ci ; et il sourit de son vilain sourire.

IV

Cette nuit-là fut effroyablement longue et vide. La petite lampe brûlait faiblement sous l'abat-jour bleu ; le silence semblait frémir et s'inquiéter, portant de chambre en chambre les gémissements sourds, les ronflements, la lourde respiration des malades. Quelque part, une petite cuiller à thé tomba sur la dalle, et le bruit qu'elle produisit était pur et argentin comme celui d'une sonnette, et longtemps il continua de vibrer dans l'air lourd et muet. Aucun des trois habitants de la huitième chambre ne dormit, cette nuit-là : mais ils restaient étendus en silence, comme s'ils dormaient. Seul l'étudiant Torbetzky, oubliant la présence de ses compagnons,

poussait parfois un grognement, se tournait et se
retournait, soupirait, remettait en ordre ses couvertures et son oreiller. Deux fois il se leva pour aller fumer dans le corridor ; et puis enfin il s'endormit, vaincu par la force impérieuse de son organisme convalescent. Et son sommeil était sain, et sa poitrine se soulevait d'un mouvement égal et léger. Sans doute même eut-il de beaux rêves : car sur ses lèvres apparut un sourire qui y resta longtemps, étrange et émouvant à voir, en contraste avec la profonde immobilité du corps et les yeux fermés.

Au loin, dans la salle des leçons publiques, sombre et vide, trois heures venaient de sonner, lorsque Laurent Petrovitch, qui commençait à sommeiller, entendit un bruit étouffé, menaçant et mystérieux. Le bruit semblait faire suite au son de l'horloge, et d'abord il paraissait doux et beau, comme un chant lointain. Laurent Petrovitch écouta : le son s'élargissait et croissait ; il restait toujours mélodieux, mais il ressemblait maintenant aux pleurs timides d'un enfant qu'on a enfermé dans une chambre sans lumière et qui, ayant peur à la fois des ténèbres et de ses parents qui l'ont enfermé, retient les sanglots dont sa poitrine est remplie. Mais, dès l'instant suivant, Laurent Petrovitch se réveilla tout à fait, et tout de suite il comprit l'énigme : c'était quelqu'un qui pleurait, un adulte, et qui pleurait sans beauté, s'étranglant de ses larmes.

– Qu'y a-t-il ? demanda Laurent Petrovitch effrayé.

Mais il ne reçut pas de réponse. Les pleurs s'arrêtèrent, et cet arrêt rendit encore la chambre plus vide et plus triste. Les murs blancs semblaient glacés, et il n'y avait personne de vivant à qui l'on pût se plaindre de sa solitude et de sa frayeur.

– Qui est-ce qui pleure ? répéta Laurent Petrovitch. Diacre, est-ce toi ?

Les sanglots cherchaient à se cacher quelque part, derrière Laurent Petrovitch ; mais tout à coup, ne se laissant plus retenir, ils s'épanchèrent en liberté. Le drap qui recouvrait le père diacre se mit à s'agiter, . et la petite planchette de métal se cogna légèrement contre le fer du lit.

– Qu'est-ce que tu fais donc ? Qu'est-ce que tu as ? grommelait Laurent Petrovitch. Allons, ne pleure pas !

Mais le père diacre pleurait toujours ; et toujours plus souvent la petite planchette frappait le fer du lit, secouée par les mouvements saccadés du petit corps tout tremblant. Laurent Petrovitch s'assit sur son lit, réfléchit un moment ; puis, avec lenteur, il sortit hors des draps ses jambes enflées. A peine les eut-il mises à terre, que quelque chose de chaud et de bruyant lui battit la tête ; son souffle s'arrêta, et il sentit qu'il allait tomber en arrière. Se soutenant péniblement sur ses pieds, il attendit la fin du vertige ; et son cœur retentissait avec un bruit si net que c'était comme si quelqu'un, dans sa poitrine, l'eût frappé à coups de marteau. Enfin Laurent Petrovitch reprit sou souffle et, résolument, il franchit l'espace qui le séparait du lit du père diacre, – un énorme espace d'un pas et demi. L'effort achevé, de nouveau il eut à reprendre haleine. Tout en reniflant lourdement, il posa la main sur le petit corps frémissant, qui s'était écarté pour lui faire place sur le lit ; et, d'une voix très douce, d'une voix de prière, il dit :

– Ne pleure pas ! Allons, pourquoi pleures-tu ? Tu as peur de mourir ?

Brusquement le père diacre rabattit le drap qui cachait son visage et, d'un accent plaintif, il s'écria :

– Ah ! petit père !

– Eh bien, quoi ? Tu as peur ?

– Non, petit père, je n'ai pas peur ! répondit le diacre, avec le même accent plaintif, mais accompagné d'un énergique hochement de la tête. Non, je n'ai pas peur ! répéta-t-il ; après quoi, s'étant de nouveau retourné vers le mur, il se remit à pleurer et à sangloter.

– Ne te fâche pas contre moi, pour ce que je t'ai dit tantôt ! demanda Laurent Petrovitch. Comme tu es bête, mon ami, de te fâcher !

– Mais je ne me fâche pas ! De quoi pourrais-je me fâcher ? Est-ce que c'est toi qui m'as amené la mort ? Elle vient toute seule...

Et le père diacre soupira profondément.

– Mais, alors, pourquoi pleures-tu ? demanda Laurent Petrovitch.

Sa pitié pour le père diacre commençait à se calmer et se changeait en une incertitude fatigante. Sans cesse ses yeux erraient sur le visage à peine visible du diacre, avec sa barbiche grise ; et il sentait sous sa main le frémissement débile du petit corps amaigri, et il s'impatientait.

– Pourquoi pleures-tu comme ça ? répétait-il avec insistance.

Le père diacre se couvrit le visage de ses mains et dit, tout haut, d'une voix chantante d'enfant :

– Ah ! petit père, petit père ! c'est le soleil que je regrette. Si seulement tu savais... comme il... chez nous... dans le gouvernement de Tanbov... comme il brille ! Aussi vrai... aussi vrai qu'il y a un Dieu ! Quel soleil !

Laurent Petrovitch ne comprenait pas et était déjà prêt à s'irriter contre le diacre. Mais tout à coup il se rappela l'effluve de chaude lumière qui, dans la journée, entrait parla fenêtre et dorait le plafond ; il se rappela comme le soleil brillait dans le gouvernement de Saratov, sur le Volga, sur le bois, sur le sentier poussiéreux qui traversait la plaine. Et il se frappa la poitrine de ses mains et, avec un sanglot enroué, il se laissa tomber en arrière, sur le lit, tout contre le diacre.

Et ainsi ils pleurèrent ensemble. Ils pleuraient le soleil, qu'ils ne reverraient plus, les pommiers qui désormais produiraient des fruits sans eux, ils pleuraient la douce vie et la mort cruelle. Le silence frémissant de la chambre emportait leurs sanglots et leurs soupirs, les répandait dans les chambres voisines, les mêlait aux ronflements vigoureux des infirmières, fatiguées de la longue journée, à la toux et aux gémissements sourds des malades, au souffle léger des convalescents. L'étudiant continuait de dormir, mais le sourire s'était éteint sur ses lèvres. La petite lampe électrique brillait d'une lumière immobile et sans vie. Les hauts murs blancs regardaient avec indifférence.

Laurent Petrovitch mourut la nuit suivante, à cinq heures du matin. S'étant endormi le soir d'un profond sommeil, il s'était réveillé tout à coup avec la conscience qu'il mourait, et qu'il y avait quelque chose qu'il devait faire : appeler au secours, crier, ou faire le signe de la croix. Et puis il avait perdu connaissance. Sa poitrine se soulevait et s'abaissait fortement, ses jambes s'écartaient et se rapprochaient, sa tête alourdie roulait au bas de l'oreiller. Le père diacre, à travers son sommeil, entendit un bruit, et demanda, sans rouvrir les yeux :

– Qu'est-ce que tu as, petit père ?

Mais personne ne lui répondit et il se remit à dormir.

Le lendemain, les médecins lui assurèrent qu'il allait vivre, et il les crut, et il fut heureux. Assis dans son lit il saluait de la tête tous les passants, les remerciait, leur souhaitait une bonne journée.

Heureux était aussi l'étudiant ; et, cette nuit-là, il avait dormi d'un fort sommeil plein de santé. Car, la veille, son amie était revenue le voir, l'avait tendrement embrassé, et était même restée vingt minutes de plus que le temps réglementaire.

Et le soleil se levait joyeusement.